NOTRE-DAME
DE L'HUMANITÉ

DU MÊME AUTEUR

WEBCAM, roman, Le Passage et Points.

LA DORMEUSE DE NAPLES, roman, Le Passage et Points, prix des Deux-Magots, prix Roger-Nimier.

UNE PETITE LÉGENDE DORÉE, roman, Le Passage et Points.

À BAS LA NUIT !, roman, Grasset et Livre de Poche.

LE COIFFEUR DE CHATEAUBRIAND, roman, Grasset et Livre de Poche, grand prix Palatine du roman historique.

LA NOUVELLE VIE D'ARSÈNE LUPIN, roman, Grasset et Livre de Poche.

LA GRANDE GALERIE DES PEINTURES, Centre Pompidou-Musée du Louvre-Musée d'Orsay.

AU LOUVRE, LES ARTS FACE À FACE, Hazan-Musée du Louvre.

MARIE-ANTOINETTE, Assouline.

INGRES. COLLAGES, Le Passage-Musée Ingres de Montauban, prix du livre d'art du Syndicat national des antiquaires.

L'ATELIER DE CÉZANNE, Hazan.

COMMENT REGARDER RENOIR, Hazan.

LE SOLILOQUE DE L'EMPAILLEUR, nouvelle, avec des photographies de Karen Knorr, Le Promeneur.

CENT MONUMENTS, CENT ÉCRIVAINS. HISTOIRES DE FRANCE (direction d'ouvrage), Éditions du patrimoine.

Suite en fin d'ouvrage

ADRIEN GOETZ

NOTRE-DAME DE L'HUMANITÉ

BERNARD GRASSET
PARIS

Photo de couverture : © Gilles Bassignac / Divergence.

ISBN : 978-2-246-82208-0

Paris, 15 avril 2019, 19 h 02-23 h 35

L'incendie de Notre-Dame de Paris a été un insupportable spectacle. Des milliers de photos ont circulé, des millions de spectateurs à travers la planète ont suivi le désastre : la flèche incandescente, le moment où il devenait évident qu'elle allait tomber et qu'il fallait la « voir » tomber, les ravages des flammes sur les toitures, du côté du chevet et de la nef, les instants où peut-être une des tours allait s'écrouler, entraînant toute la façade. Le visage même de Paris allait-il s'effondrer ?

Un spectacle ? Le terrifiant tableau semble reproduire une peinture. Celle de Turner, le plus inspiré et délirant des romantiques anglais, montrant l'incendie du parlement de Londres de 1834. A-t-on sous les yeux une image, ou la réalité ? L'événement est épouvantablement « instagrammable » : il dit tout de notre époque, face à la cathédrale qui raconte les siècles.

Les cathédrales gothiques sont des miroirs du monde, leurs façades réfléchissent leur temps. Notre-Dame est à nouveau un miroir. Une photo circule dans la soirée, mise au pilori sur Twitter : un ancien ministre de la Culture regarde les flammes du haut d'une terrasse voisine, avec l'air d'un empereur qui demande qu'on lui apporte sa lyre. Les réseaux sociaux se pourlèchent, eux, les Nérons.

Nul ne peut cette nuit-là s'arracher à cette fascination. Transformer l'incendie qui « progresse » – mot terrible – en images qui se diffusent, est-ce un symptôme de progrès ?

À 19 heures, je sors d'un cours d'histoire de l'art. J'ai parlé de Jacques-Louis David à mes étudiants, montré le tableau qui a fait passer à l'histoire l'invraisemblable événement du 2 décembre 1804, que bien peu de ses contemporains avaient pu voir de leurs yeux : à Notre-Dame, le pape bénissant un officier d'artillerie né à Ajaccio, s'attribuant la couronne de Charlemagne sous les voûtes achevées au temps de Philippe Auguste. Je leur ai expliqué comment la peinture d'histoire fait l'histoire : tout le monde se souvient du sacre de Napoléon et du couronnement de Joséphine parce que l'événement est devenu une image.

Une première photo arrive sur mon téléphone : la flèche rouge. Je veux voir. Je marche vers la Seine. Le ciel de Paris est rayé par une fumée marron clair. Tout le monde a eu la même idée et converge vers les quais.

Je prends la rue Maître-Albert, qui a encore cet air de guingois des artères de la fin du Moyen Âge et porte un nom qui évoque un savant alchimiste. Je ne peux pas m'empêcher de continuer à faire comme si je parlais à mes étudiants, pour me calmer, retarder le moment où je vais découvrir ce que je redoute de voir, au bout de la ruelle. Les travaux du Second Empire ont créé un grand parvis devant la cathédrale, mais certaines des voies qui donnent sur les quais ont, malgré les grands travaux du préfet Haussmann, gardé leur aspect médiéval… Je m'arrête net. J'y suis.

Ce qui frappe c'est l'odeur, dans ce vent, qui fait tout redouter. Des coups secs tombent dans le silence : les poutres craquent. De l'autre côté du fleuve, on les entend. Je reste, avec tant d'autres, la tête tendue vers le brasier. Peut-être que seule la flèche sera touchée, que l'incendie va s'arrêter. Il y avait des travaux. On a descendu les statues pour les envoyer en restauration. L'échafaudage est forcément aux normes, sécurisé. Dans une heure tout sera terminé.

Rien ne s'arrête. Il est presque 20 heures. La foule regarde la flèche, crie : « La flèche ! Non ! » Le mot « non » monte vers le ciel avec le terrible craquement du monument de bois et de plomb qui tombe. J'aurai vécu cela. J'ai vu tomber de mes yeux la flèche de Notre-Dame de Paris.

Tout le monde a crié. Un vieil homme, à mes côtés, pleure. Il n'est pas le seul. Sur le quai de Montebello, à l'angle du pont, après la grande clameur, il y a eu des minutes de silence total. Impossible de me débarrasser de ces vers de Victor Hugo dans *Le Tombeau de Théophile Gautier* :

« Oh ! Quel farouche bruit font dans le crépuscule
Les chênes qu'on abat pour le bûcher d'Hercule ! »

Les chênes qu'on abat : c'est le titre, bien sûr, du livre que Malraux a consacré au général de Gaulle. S'impose le souvenir de la haute silhouette dans la nef, venant d'échapper aux balles en arrivant sur le parvis, le 26 août 1944 : un connétable qui ne bouge pas, comme une statue gothique de plus dans l'histoire de France.

Notre-Dame, ce n'était pour moi que des images, de l'histoire, de la littérature. Ce soir-là, c'est de la pierre et du bois. Première pensée de tous : pourvu qu'il n'y ait pas de victimes. Maintenant que la flèche est tombée, il est évident que toute la toiture va suivre. La chaleur monte dans la nuit. Plus d'espoir, ce qui suit a la force de l'inexorable.

Mille mètres carrés de toitures brûlent, cette charpente qui était la plus belle de France, la « forêt », avec ses chevrons et ses « fermes », créée au XIIe siècle, faite d'arbres déjà multiséculaires.

L'histoire flambe. Les pompiers vont agir avec acharnement durant huit heures. Nous suivons du regard les flèches d'eau qui montent, personne ne dit encore qu'un système automatique vient aussi d'être installé à l'intérieur, à la croisée du transept. Les pompiers ont empêché le pire. À 23 h 35 seulement, on annonce que la façade et les murs vont sans doute être sauvés. L'incendie n'a cessé définitivement qu'après 3 heures du matin.

Visions

La fascination latine pour l'horrible à voir, l'*horribile visu*, fonctionne à plein ce soir-là, démultipliée par les chaînes d'information et les réseaux sociaux. Les commentateurs, pris de court, ne peuvent que meubler en découvrant des images qui se suffisent à elles-mêmes.

Au chapitre V de *Notre-Dame de Paris*, la foule se presse pour « voir » Quasimodo : fascination pour le spectacle de l'horreur, du visage réduit à la grimace, du corps bancal, du bossu borgne, sourd, boiteux, bon et mauvais génie de l'édifice qui fait sonner les cloches à grande volée.

Tout le monde regarde, sur le quai, étrange désir de voir s'accomplir la défiguration, de ne pas manquer les instants où la cathédrale va devenir une ruine – avec le souhait jamais formulé de pouvoir dire, comme je n'ai pas pu m'empêcher de le faire : « J'étais là. » Chacun de nous, durant ces quelques heures pendant lesquelles l'obscurité s'est faite et où sont montées les flammes, toujours plus fortes, a la vraie cathédrale devant les yeux mais va aussi la chercher dans sa poche : sur Twitter, d'autres images apparaissent, tous les angles, tous les points de vue…

Autour de moi, on se montre ce que nous ne pouvons pas voir : une photo prise de biais, de l'autre côté, les flammes entre les deux tours, des points rouges qui semblent traverser l'une d'elles. Impossible de dire si le feu y est. Notre-Dame est le centre d'un terrifiant kaléidoscope. Peu à peu, les gens qui sont là se parlent, racontent, ils ont l'air de naufragés… Une seconde vague arrive, des badauds avec leurs enfants apportant des sandwichs emballés dans du papier d'aluminium, faits à la maison, et qui s'installent.

Quelques jours auparavant, les images de la descente des statues du XIXe siècle qu'on avait emportées dans un atelier de Périgueux avaient déjà circulé, mais uniquement parmi ceux, dont je suis, que cela intéresse. Je les avais regardées avec attention, en historien de l'art du XIXe siècle, sans imaginer quel symbole ce serait. Je les observe à nouveau. Parmi les apôtres vert-de-gris, sous l'apparence de saint Thomas, un portrait d'Eugène Viollet-le-Duc, l'architecte qui a restauré Notre-Dame, faisant le geste de mettre sa main sur son front pour se protéger du soleil et admirer le coq du clocher. Son effigie de cuivre n'aura pas vu la destruction de l'ouvrage de sa vie.

Sur les ponts et les berges, les Parisiens se massent, commentent les bras élévateurs articulés qui ne montent qu'à trente mètres et ne semblent pas suffisants pour porter les lances qui crachent de l'eau. Des étudiants et des lycéens filment – ils n'ont pas l'âge d'avoir vécu le 11 septembre, ils y pensent, ils courent après l'histoire, sans saisir que rien n'est comparable. Des mères montrent la cathédrale à des enfants qu'elles tiennent dans leurs bras, beaucoup de visages restent fermés et silencieux. De jeunes catholiques traditionalistes, reconnaissables au premier coup d'œil, venus de Saint-Nicolas-du-Chardonnet, juste à côté, forment un petit groupe, à genoux. Mais à côté, ce sont des visages du monde entier, et sans doute de toutes croyances.

Un des pompiers qui s'est frayé un chemin et qui est arrivé parmi les premiers a raconté plus tard qu'il avait été en proie à une fraction de seconde de sidération au milieu de l'action : « Il y avait de plus en plus de gens. J'en ai vu beaucoup qui ne filmaient pas. »

Autour de moi, ils ne sont pourtant pas nombreux ceux qui ont rangé leurs téléphones. Ce soir-là, même le passager d'un avion a filmé par le hublot. On se montre, vers 22 h 30, des images prises par un drone, depuis le QG des pompiers.

Le monde entier tremble. Après la flèche et le toit, les murs vont-ils suivre ? Le gros bourdon pèse plus de douze tonnes, s'il tombe, c'est un massif entier qui peut basculer. La façade va s'effondrer. On va perdre Notre-Dame, définitivement.

Le général qui commande la brigade des sapeurs-pompiers de Paris déclare que l'heure et demie qui vient sera décisive. La zone a été sécurisée. Je suis depuis 21 heures devant la fontaine Saint-Michel. Certains se mettent à prier à haute voix, puis en chœur. On apprend que les messages de soutien commencent à venir du monde entier. Personne ne connaît le nom de l'architecte qui a conçu Notre-Dame au XIIe siècle. « Le peuple des bâtisseurs de cathédrales » : j'avais cru que c'était une belle image, une manière de parler des tailleurs de pierre, des maçons, des « imagiers » qui sont les sculpteurs. Ce peuple, il est là durant cette nuit. Il n'est pas composé que de Français et de touristes, il est dans tous les pays, le peuple de ceux qui ne peuvent s'empêcher de regarder, qui ne s'endorment pas, qui veulent être témoins, entendre aussi, bien sûr, les premières nouvelles un peu rassurantes, qu'on n'osait pas espérer, quand, vers 23 h 35, l'archevêque de Paris s'exprime, puis le président de la République.

Face aux ruines de la cathédrale de Reims, incendiée par les Allemands, en 1915, Gabriele d'Annunzio, qui y était arrivé en automobile, emmitouflé dans ses fourrures, avec une culotte d'équitation et une casquette pour le protéger du vent de la route, accompagné du plus cultivé des députés français, Joseph Reinach, avait écrit ces lignes absurdes, restées célèbres :

« La cathédrale n'a jamais été aussi belle. La cathédrale s'achève. La cathédrale s'achève dans les flammes. On a envie de tomber à genoux devant ce miracle. Qu'on ne touche pas aux statues, qu'on ne fasse aucune réparation[1] ! »

Dans les yeux du Stryge

Le lendemain, les journalistes, à la télévision, crient au miracle : depuis le parvis, la façade s'élève encore, intacte. Les médias diffusent le message du pape, celui de Michelle Obama qui est à Paris, on cite le roi du Maroc, le grand rabbin de France, le président chinois Xi Jinping, qui vient de faire une visite en France, Justin Trudeau, le roi d'Espagne…

1. Voir la thèse de doctorat de Yann Harlaut, « La cathédrale de Reims du 4 septembre 1914 au 10 juillet 1938, idéologie, controverses et pragmatisme », Université de Reims Champagne-Ardenne, 2006, consultable en ligne sur https://www.academia.edu et le remarquable livre de Thomas W. Gaehtgens, *La Cathédrale incendiée. Reims, septembre 1914,* Gallimard, Bibliothèque illustrée des histoires, 2018.

La grande-duchesse de Luxembourg ajoute à sa signature, après son message de réconfort : « marraine du bourdon Marie de la cathédrale Notre-Dame de Paris ». L'humanité tout entière regarde vers la carcasse entourée de barrières et la façade qui, de loin, semble n'avoir pas bougé. Les premières rares images de l'intérieur montrent que les voûtes sont encore là, même si le transept est béant.

Après l'incendie, l'édifice reste très fragilisé : les murs, épais à certains endroits d'une soixantaine de centimètres, sont encore en danger, certains éléments, aux extrémités des transepts, pèsent lourd et peuvent basculer. La charpente a disparu, mais les pierres ?

Le mortier, parfois médiéval, parfois du XIXe siècle, souvent enrichi de compléments divers venus de telle ou telle « réparation » faite avec du sable, du plâtre, de la chaux, arrosé durant des heures avec de l'eau puisée dans la Seine, gorgée de nitrates, de pesticides, empoisonnée par l'agriculture, peut se comporter d'une manière imprévisible. Il faut, avant de lancer un chantier de restauration, sonder chaque mur. Le bâti, qui semble « sauvé », doit demeurer sous une surveillance stricte et faire l'objet d'un constat d'état qui demandera des mois. Ce n'est pas parce que la façade est toujours là que d'autres drames ne peuvent pas avoir lieu. Il faut une bâche, emballer les éléments fragiles. Que se passe-t-il si un orage éclate, ou une très grosse averse ?

Depuis le pont des Arts, dans les brumes du matin, la flèche a disparu. Elle était du XIXe siècle, mais elle avait existé au Moyen Âge, elle figurait dans certains manuscrits à peintures ; à la fin du XVIIIe siècle elle avait été démontée. À cette époque, le style gothique était jugé barbare et cette construction de bois exposée aux vents était devenue dangereuse. Personne ne l'avait regrettée. La flèche c'était le point culminant, à la jonction des toitures, la conclusion logique du chantier de construction. Elle avait été l'aboutissement symbolique du chantier de restauration qui fut entrepris en 1844 et 1845 et qui dura dix ans, entre monarchie de Juillet et Second Empire.

Sa silhouette était devenue si familière parce que Viollet-le-Duc lui dura ce dessin d'enluminure, qui permettait de l'identifier aussi sûrement que le dôme de Saint-Pierre de Rome, la Giralda de Séville ou Big Ben à Londres.

La flèche de Notre-Dame parle le langage, commun à tous, de l'architecture. Elle ressemble dans sa simplicité à un caractère typographique, elle est son « plomb », son panneau de la circulation, son emblème héraldique. Deux tours, deux piliers, qui montent de la terre ; une flèche, tendue vers le ciel : un Martien comprendrait. Comme les deux bras qui s'ouvrent de la colonnade du Bernin à Rome, le dôme de Michel-Ange, grande roue dentée qui met en mouvement l'engrenage du ciel et des étoiles, la flèche de Notre-Dame est ce qui donne son sens à l'édifice et le rend intelligible. Notre-Dame, pour tous, est une image – la destruction de la flèche, plus peut-être que l'irréparable perte des parties médiévales de la charpente, ne pouvait qu'émouvoir d'une façon universelle. Avec la flèche, c'est l'expression d'une grande idée qui est tombée, bien plus qu'une construction de bois. Elle faisait partie de ces quelques images que la France a apportées au monde.

Dès le XIXe siècle, les premiers photographes se sont emparés de Notre-Dame ressuscitée, avec tout le soutien des architectes restaurateurs, qui voulaient faire connaître leur œuvre. L'image, en gravures et en lithographies, est entrée dans les éditions du roman de Hugo, achevé en 1831 et constamment réimprimé, enrichi de planches et de vignettes qui montrent, année après année, une cathédrale qui se reconstruisait. Les pionniers de la photographie se sont rués pour transmettre à leurs contemporains et à la postérité la nouvelle forme et les détails du monument[1].

Parmi ces premiers photographes de la cathédrale, conscients d'être les bâtisseurs d'un art nouveau qui

1. Voir les photographies d'Hippolyte Bayard, Édouard Baldus, Henri Le Secq dans le catalogue dirigé par Jean-Michel Leniaud et Laurence de Finance, *Viollet-le-Duc. Les visions d'un architecte*, Éditions Norma-Cité de l'architecture et du patrimoine, 2014.

en était encore à son Moyen Âge, Charles Marville – dont le vrai nom était Bossu – photographie la nouvelle flèche entre 1874 et 1880 et ce cliché est un chef-d'œuvre. Charles Nègre fait passer à l'histoire ses photos des nouvelles « chimères », l'une d'elles devient universellement célèbre : *Le Stryge*.

Le Stryge, c'est l'histoire d'une superposition d'images qui se transforme en cliché. Ce titre mystérieux provient de l'inscription qui accompagne, en légende, une gravure de Meryon parue en 1853, inspirée par une des récentes sculptures de Notre-Dame, la plus réussie de la cinquantaine de petites créatures imaginées par Viollet-le-Duc. La tête appuyée sur ses deux mains, au-dessus des gargouilles, le monstre regarde Paris. Le Stryge – le mot désigne un être chimérique, qui tient du hibou, *strix* en latin, et de la sorcière, *striga* – regarde les toits du haut de sa tour ; depuis, le monde entier regarde les images du Stryge et se dit tout de suite : c'est Paris. L'image romantique de la ville est née : des milliers de photographes, après Marville, feront poser le Stryge, le totem de la cité.

Beaucoup de touristes qui, aujourd'hui encore, en achètent la carte postale, pensent que le Stryge est une sculpture du Moyen Âge qui a inspiré Victor Hugo. C'est l'inverse : le personnage central du roman, le sonneur de cloches, a inspiré le sculpteur au moment de la restauration. Dès que les tours seront devenues accessibles, on verra apparaître une photo du Stryge d'après le drame – pauvre totem contrarié constatant que le XIXe siècle n'était pas tabou, et que jamais il n'aura été attaqué auparavant comme il l'a été dans les jours qui ont suivi l'incendie.

Sur une de ces premières photos, due à Charles Nègre, un homme au chapeau haut de forme figure à côté du Stryge : c'est peut-être Eugène Viollet-le-Duc en personne, l'homme qui, avec son ami Jean-Baptiste Lassus, reste à jamais associé à la manière dont la cathédrale fut sauvée au XIXe siècle. Les travaux ne s'achevèrent, pour l'essentiel, qu'en 1865. La disparition de Lassus en 1857 avait laissé Viollet-le-Duc seul maître de cette réinvention, parfois modeste et délicate, fondée sur de très solides études archéologiques, occasionnellement plus libres, mais toujours dans l'esprit d'un retour à un vrai Moyen Âge, bien différent de ce qui se pratiquait trente ans auparavant du temps des fantaisies du « style troubadour ».

Le roman de Hugo, qui a eu un immense succès dès sa publication et continue à séduire, a toujours été édité avec des illustrations. Qui a oublié Quasimodo chevauchant sa grosse cloche, Esméralda lui apportant à boire, le gibet de Montfaucon ? Le frontispice de Célestin Nanteuil, gravure romantique par excellence, petite cathédrale glissée dans le livre, est l'expression de cette époque. Dans son

Histoire du romantisme, Théophile Gautier[1] parle de ce Célestin Nanteuil, qui se laisse pousser les cheveux et adopte dans la ville moderne l'allure d'un personnage de *Notre-Dame de Paris* :

« Célestin s'était assimilé l'anatomie anguleuse des armures, le galbe extravagant des lambrequins, les figures chimériques ou monstrueuses des blasons, les ramages des jupes armoriées, l'attitude hautaine du baron féodal, l'air modeste de la châtelaine, [...] la mine furtive du jeune page au pantalon mi-parti, et dans le fond, il savait faire mordre le ciel par des architectures hérissées de tours, de clochetons, d'aiguilles de cathédrales accroupies au centre de leurs arcs-boutants comme des araignées noires au milieu de leurs pattes. »

Les dessins aquarellés conservés dans les collections de la maison de Victor Hugo place des Vosges, les illustrations qui se sont accumulées ensuite, livre après livre, parfois dans des « reliures à la cathédrale » ont tout de suite été populaires. Victor Hugo avait écrit « un roman des images[2] ».

1. Théophile Gautier, *Histoire du romantisme, suivi de quarante portraits romantiques*, préface et édition d'Adrien Goetz, Gallimard, collection Folio classique, 2011.
2. Adrien Goetz, « Un roman des images », préface à Victor Hugo, *Notre-Dame de Paris*, édition et notes de Benedikte Andersson, Gallimard, collection Folio classique, 2009, p. 7-54 (réimpression 2019, au profit de la restauration de la cathédrale).

Les images faites par les Parisiens et les touristes qui se trouvaient là par hasard le soir du drame attestent de cette persistance rétinienne : Notre-Dame vit parce que sa silhouette, ses détails, son allure, circulent encore à travers toute la planète.

Le temps des cathédrales et des incendies

La cathédrale est ainsi, grâce aux images, à la fois médiévale et romantique. Elle est de manière indissociable un chef-d'œuvre du XIIe siècle et un chef-d'œuvre du XIXe siècle. Elle est gothique et romantique, nationale et populaire. Ce qui a brûlé, c'est cette dualité fondamentale.

Durant quelques heures, tout le monde a cru vivre la fin d'un chantier qui avait duré des siècles. Notre-Dame avait été un premier aboutissement, après la construction de Saint-Denis, ces réussites majeures de la fin du XIIe siècle, Noyon, Senlis, Laon ou Sens. Le chœur avait été entrepris dès 1163, avec la nef, caractérisée par le double déambulatoire et les doubles bas-côtés. L'impression générale, quand on entrait, venait de cela : cinq vaisseaux, avec des tribunes profondes, dans une prenante pénombre qui démentait le lieu commun de l'architecture gothique fondée sur la lumière et la transparence. Ce massif avait comme appui la falaise de la façade, édifiée de 1225 à 1250, avec ses galeries et son décor sculpté. Son achèvement ne marque pas la fin de la construction, qui dure encore un siècle. Les transepts sont embellis, dotés des célèbres roses enrichies de vitraux. Les arcs-boutants sont indispensables pour contrebalancer les poussées mais sont aussi une formidable idée visuelle. Pour la fin du XIIIe et le début du XIVe siècle, on possède des noms de maîtres d'œuvre, Pierre de Montreuil, Pierre de Chelles, Jean Ravy…

La charpente était d'origine, ce qui peut paraître stupéfiant – sauf pour la partie qui encadre la flèche et les bas-côtés, repris au XIXe siècle. C'était un trésor caché, une relique invisible du Moyen Âge, d'une incontestable authenticité, que personne ne pouvait voir, très précieuse et très fragile. La flèche, c'était le contraire : la terre entière savait la reconnaître, couverte de plomb et ornée de statues de cuivre. La flèche ultime et la relique des temps anciens ont disparu à jamais, ensemble ; mais toute œuvre d'art n'est-elle pas un reliquaire sans reliques, dont la forme perdure et peut, toute seule, accomplir des miracles ?

Notre-Dame est un symptôme, celui d'une pathologie générale : à l'évidence, ce type d'incendie peut arriver ailleurs, à la Sainte-Chapelle sans doute au premier chef, qu'il ne serait pas simple de faire évacuer, dans bien des églises de Paris, mal entretenues, envahies par la poussière, matière composite qui s'enflamme vite, dans des édifices publics qu'on n'a pas le temps de mettre « aux normes » et qui ont été équipés pour la forme de petits extincteurs.

Au Louvre, il y a des pompiers qui dorment sur place, à Notre-Dame, cela n'était pas prévu. Quelques semaines avant Notre-Dame, le 17 mars, l'église Saint-Sulpice a pris feu, dans un des bras du transept : les pompiers de Paris ont pu agir à temps, l'origine du sinistre demeure obscure. Cette église, la plus grande de Paris, est si sale, si mal tenue… On y a restauré la chapelle peinte par Delacroix, les autres sont dans un état désastreux. En 1988, c'est la cathédrale d'Amiens qui, durant un chantier, circonstance fréquente, avait échappé de justesse à l'incendie. D'immenses travaux sont en cours en ce moment sur le site Richelieu de la Bibliothèque nationale, où se trouvaient encore il y a une dizaine d'années des transformateurs électriques posés sous le Front populaire : investissement lourd mais indispensable, pour que ne risquent pas de périr dans les flammes les manuscrits de Victor Hugo – dont celui de *Notre-Dame de Paris* –, les gravures de Goya, la partition autographe de *Don Giovanni* ou la coupe de Chosroès que Charlemagne peut-être a tenue dans ses mains. Tous ces trésors dont la France a la garde sont autant de cathédrales de l'esprit.

Dans le château de Lunéville, une des plus belles bibliothèques d'Europe a brûlé en une nuit, en 2003. Aucun architecte ne saura remplacer les merveilles perdues, l'unité de cet ensemble magnifique, ce fonds ancien qui était resté intact. À Turin, tout le monde se souvient de l'incendie de la chapelle du Saint-Suaire en 1997. En septembre 2018, le musée national de Rio a été ravagé par le feu, catastrophe culturelle, dont on n'a pas fini de mesurer les conséquences pour l'histoire et l'ethnologie.

Ce qui émeut, à Notre-Dame, c'est la conscience collective de la fragilité de notre rapport au passé. C'est ce qui a parlé à toute l'humanité. Aucune époque avant la nôtre n'a eu à ce point l'envie de tout garder, de transformer chaque fragment d'héritage en « patrimoine » : la violence de l'incendie se trouve décuplée par cette forte conscience patrimoniale de notre temps. Quelles sont les églises, à Paris, les cathédrales, en France, qui, même si elles sont « aux normes », ne présentent pas de dangers ? Les travaux de restauration, les chantiers de conservation préventive doivent être permanents. Une cathédrale où l'on n'est pas en train de travailler est une cathédrale en danger. Pour voir une cathédrale parfaitement entretenue il faut aller en Suisse. À Lausanne, le dernier monument de Viollet-le-Duc semble être surveillé à la perfection, restauré constamment, étudié de près et expliqué aux visiteurs.

Beaucoup de cathédrales, dans l'histoire, ont brûlé, et tous ces incendies n'ont pas eu la même résonance : Chartres a flambé en 1836, alors qu'on y entreprenait des travaux. Elle fut dotée d'une nouvelle toiture de cuivre. Celle de Strasbourg, bombardée durant la guerre franco-prusienne de 1870, fut lourdement endommagée : l'architecte Gustave Klotz, qui la restaura, l'a dotée d'éléments néo-romans, notamment la tour de la croisée du transept, destinés à lui donner un caractère germanique et impérial. Bombardée à nouveau en 1944, elle fut une seconde fois restaurée et les dernières interventions, dans les années 1990, ont abouti à mettre en valeur l'état Gustave Klotz, désormais indissociable d'une histoire qu'on veut comprendre comme européenne. Cette décision de privilégier l'état XIXe est intéressante : dernier en date, parfaitement documenté, il avait aussi une valeur symbolique. Klotz était français et alsacien, élève de Labrouste, l'architecte de la superbe salle de lecture de la Bibliothèque nationale. Il avait la charge de la cathédrale et avait choisi de devenir allemand, de se mettre au service des nouveaux maîtres, pour continuer à s'occuper de « son » édifice. En 2017, l'Unesco a intelligemment décidé de placer sur la liste du patrimoine mondial le quartier de Strasbourg édifié au XIXe siècle, quartier « allemand », rempli de petites merveilles néogothiques, qu'on voulait détruire dans les années 1970. Metz a brûlé à cause d'un malencontreux feu d'artifice donné pour fêter l'empereur Guillaume Ier en 1877. Guillaume II, son petit-fils, en fit un manifeste de son style gothique personnel, allant jusqu'à se faire représenter parmi les statues du portail – on lui a ensuite enlevé sa moustache, pour qu'il ressemble, incognito, à un prophète de l'Ancien Testament. On détruisit à l'occasion de cette restauration tous les éléments du XVIIIe siècle, dus à l'architecte Blondel : trop « français », ils juraient avec ce nouveau gothique germanique qu'on surimposait à l'antique cathédrale de la ville libre qui avait résisté à Charles Quint. À Reims, après les destructions de la Première Guerre mondiale, on n'a heureusement pas écouté Gabriele d'Annunzio : une charpente de béton, due à l'architecte Henri Deneux, d'une évidente et très grande beauté, chevillée comme un chef-d'œuvre de menuiserie traditionnelle, a fait date dans l'histoire de l'architecture du XXe siècle.

La liste des cathédrales, des musées, des bibliothèques entièrement ou partiellement détruits par le feu remplirait un volume qui serait aussi le récit de la construction progressive de l'idée de patrimoine.

Le soir de l'incendie, une des composantes de l'émotion collective était la découverte, par l'image, du fait que Notre-Dame n'est pas seulement une image. À force de la voir, à force d'en avoir fait un mythe fondateur, tout le monde avait oublié son existence charnelle et sa fragilité.

Un combat pour l'humanité

Victor Hugo connaît mal le Moyen Âge, dont l'étude savante est encore balbutiante – l'École des chartes vient à peine d'être créée, sous le règne éclairé de Louis XVIII –, il compile à la hâte de vieux livres d'histoire de Paris et le dictionnaire biographique de Michaud pour inventer sa cathédrale avec des mots. Il commence à écrire en 1830, durant les journées révolutionnaires de juillet. Les Parisiens sont en insurrection. Il veut défendre les monuments.

Son roman est une histoire d'amour, c'est aussi la plus belle réussite de ce genre si décrié que sont les « romans à thèse ». Hugo est à l'origine, avec *Notre-Dame de Paris*, d'une vraie prise de conscience patrimoniale. Son cri d'alarme, écrit en 1825 et publié dans une version enrichie, en 1832, dans la *Revue des Deux Mondes*, « Guerre aux démolisseurs », est l'autre signe de cet engagement. « Démolisseur » mérite d'être pris au sens premier du mot : partout en France on abat des vestiges, qui ne signifient plus rien et qu'on a laissés aller vers leur perte. Les abbayes transformées en filatures, les couvents pris comme carrières de pierres, les églises abattues pour en construire d'autres, tout cela le désole. La « bande noire » dépouille châteaux et chapelles. Au choc du vandalisme révolutionnaire, qui succédait à un vandalisme royal qu'on oublie trop souvent de mentionner – le cardinal de Noailles, dans les années 1720, avait éradiqué toutes les gargouilles de Notre-Dame, remplacées par des gouttières plus efficaces, Soufflot avait massacré ensuite le grand portail –, a succédé une longue période de vandalisme mou, qui risque d'aboutir à l'effacement, partout en France, de ces traces de l'histoire que Hugo aime voir sur place et dessiner. Le Moyen Âge est en péril et les pendules gothiques du temps de la Restauration, les tableautins montrant tournois et intérieurs de châteaux, s'ils ont lancé la mode, n'ont donné ni études sérieuses ni grandes entreprises de sauvetage. Il raconte donc une aventure, invente Esméralda et Quasimodo, Phœbus, Gringoire, Frollo pour peupler de vie son seul vrai héros, le monument.

En écrivant son roman en 1831, Victor Hugo découvre un bâtiment en très mauvais état. Il n'a pas cédé à la facilité naïve qui aurait été de se lancer dans le roman-feuilleton des bâtisseurs, l'élan des maçons unis les uns aux autres, la prière des prêtres avec les fidèles, la beauté qui soude et qui sauve.

L'action se situe sous Louis XI. Le titre choisi d'abord par Hugo est *Notre-Dame de Paris 1482*, pour souligner qu'il va s'attacher à une cathédrale usée et dégradée, un vieux monument qui ressemble tant à ce qu'elle est devenue en 1830.

À la Cité de l'architecture de Chaillot, sur le côté de la galerie des moulages, parmi les reproductions à vraie grandeur des vastes portails médiévaux, se trouve une maquette réalisée en bois et en plâtre par un certain Louis-Télesphore Galouzeau de Villepin en 1843 : le portail central est toujours éventré, pour permettre de processionner mieux, avec un dais bien large. En se penchant au-dessus du chœur on découvre les aménagements du XVIIIe siècle, réalisés par l'architecte Robert de Cotte, avec ses marbres rouges. Sur le côté, une sacristie de 1756, due à Soufflot, sera remplacée par l'édifice actuel, dont Viollet-le-Duc voulut faire un reliquaire à part, son joyau personnel. Cette maquette témoigne de cette cathédrale devenue illisible, qui pourrait risquer de devenir la proie des « démolisseurs ».

Hugo veut expliquer, décrire pour sauver, avec des mots, l'édifice qui menace ruine – son roman rencontre aujourd'hui, pour cette raison, de nouveaux lecteurs, sensibles à ses combats. Avant d'être protégée par un « classement » officiel, la cathédrale fut protégée par un livre.

L'autre héros de *Notre-Dame*, et c'est le génie de Hugo d'avoir lié les deux à tout jamais, c'est le peuple. Face au peuple des statues entre lesquelles court Quasimodo, fourmille le peuple de Paris, qui entoure sa cathédrale. Des journées de 1830 est née *La Liberté guidant le peuple sur les barricades* de Delacroix, icône dont la portée est elle aussi universelle. Derrière l'allégorie qui brandit le drapeau, sous la fumée, surgit la silhouette de Notre-Dame, surmontée des trois couleurs. Le peuple est là, avec un bourgeois, un ouvrier, un polytechnicien, un enfant brandissant un pistolet, ceux dont Hugo fera les héros des *Misérables*, cet autre récit fondateur, qui résonnera bien au-delà de la France.

Hugo, avant de devenir le chantre du peuple, lui qui n'est pas éloigné du jeune royaliste qu'il était en 1825, invité à assister au sacre de Charles X dans une nef de Reims replâtrée à la hâte, excelle à peindre des scènes de foule. Il les a observées en 1830, au moment même où il commence à écrire. Le sommet dramatique du livre est la scène de l'incendie, avec le bossu courant dans les flammes et tous ceux qui s'agitent en bas : ce passage, dans les jours qui suivirent le 15 avril 2019, a été lu des dizaines de fois à la télévision, a circulé sur tous les réseaux sociaux, comme s'il était prophétique. La seule prescience de Hugo est peut-être d'avoir, en un seul livre, refondé la vieille église branlante pour en faire la cathédrale du peuple. En s'appropriant Notre-Dame, dans les larmes, le monde entier nous a dit que la cathédrale n'était plus celle de Paris, plus celle de la France, de Hugo ou de Delacroix, mais que cette œuvre d'art était Notre-Dame de l'humanité. Dans l'élan de l'effondrement, cette bonne nouvelle a jailli des flammes.

La cathédrale du temps

Notre-Dame de Paris n'est donc pas un monument du Moyen Âge. C'est, Hugo l'a compris avant tout le monde, la succession visible des temps. Chaque génération y a laissé des traces d'elle-même, des strates visibles. Notre-Dame est un vaisseau où est embarquée une histoire de l'humanité. L'humanité : ce sentiment au nom de quoi Esméralda va donner à boire à Quasimodo attaché au gibet. Il est facile de sourire, de moquer la grandiloquence hugolienne : un jeune homme de vingt-huit ans écrit ces lignes, il croit en un idéal. Il aurait pu constater, durant la nuit de feu de 2019, que cette transcendance est encore forte, solide et vraie. Le peuple, la Liberté, la cathédrale : tout est toujours là.

L'évêque Maurice de Sully a commencé la construction en 1163, mais il faut visiter la crypte archéologique pour deviner les plus lointaines origines du lieu de culte et de son quartier. Un temple de Jupiter ? Certains l'ont rappelé, alors que le président de la République fixait les délais du chantier à venir… Pierre Nora a publié dans *Le Figaro*, dans la semaine qui a suivi, une courte tribune. Il souligne d'abord la « centralité » de Notre-Dame : le point de départ de toutes les routes de France se trouve sur le parvis. L'inventeur du cycle des *Lieux de mémoire*, publié à partir de 1984, déclare :

« Historiquement, les origines de la cathédrale plongent dans la nuit des temps. Aux XIIe et XIIIe siècles, du temps de Saint Louis, on peut presque dire que déjà, au temps de Clovis, de son baptême et de Paris devenue capitale du royaume, un pacte symbolique s'était noué entre la cathédrale et la France, un pacte qui ne s'est jamais démenti. [...] Georges Duby dans *Le Temps des cathédrales* a remarquablement décrit ce mouvement économique, social et culturel qui a fait de la cathédrale l'emblème de la société et de l'époque. Un merveilleux documentaire réalisé par Roger Stéphane à partir du livre a fait d'ailleurs le tour du monde. »

La cathédrale de Paris n'est pas le centre de gravité de la monarchie médiévale. Les lieux sacrés sont Reims, pour les sacres des rois, Saint-Denis, pour les tombeaux. Notre-Dame ne vient qu'ensuite.

Sa valeur symbolique va croître un peu plus tard. Dans les *Très Riches Heures du duc de Berry*, au début du XVe siècle, la composition intitulée traditionnellement *La rencontre des Rois mages* montre, à l'arrière-plan, les tours de Notre-Dame, avec la flèche au centre, à côté de celle de la Sainte-Chapelle. Elle n'apparaît pas en revanche, alors qu'on l'attendrait, au Louvre, dans le paysage du célèbre tableau du Maître de Dreux Budé qu'on appelle souvent, à tort, le *Retable du parlement de Paris*. La composition, où il est facile d'identifier Charlemagne et Saint Louis, ne fut jamais en effet un tableau d'autel, un retable, c'est une peinture politique : on y voit les tours du château des rois.

Pierre Nora explique cette apparition retardée de Notre-Dame parmi les lieux de mémoire :

« C'est avec les Bourbons que des liens privilégiés se nouent entre la cathédrale et la monarchie. Avec Henri IV, par exemple, qui, après sa conversion à Saint-Denis et son sacre à Chartres, fait à la cathédrale de Paris une entrée solennelle au son du *Te Deum*. Avec Louis XIII, qui [...] avait fait en 1630 le vœu de consacrer la cathédrale à la Vierge Marie. Avec Louis XIV [...] la politique prit ainsi le pas sur le religieux. »

Napoléon Ier est, n'en déplaise aux médiévistes, le vrai refondateur de Notre-Dame. En choisissant cette nef exténuée pour son sacre, en présence du pape, il rompait avec la monarchie, il tournait la page révolutionnaire, créait un nouveau rituel, imaginait qu'il y établirait le berceau de sa famille. Le « vol de l'Aigle », après son débarquement de l'île d'Elbe, se fera « de clocher en clocher jusqu'aux tours de Notre-Dame ».

Du 2 décembre 1804 date cette superposition entre Notre-Dame de Paris et une certaine idée de la France : le baptême de son fils le roi de Rome eut lieu ici en 1811. En 1841, c'est le baptême du comte de Paris, petit-fils de Louis-Philippe, dynastie rivale, mais qui a compris qu'il faut occuper ce lieu nouveau de la légitimation du pouvoir. Napoléon III y épouse Eugénie de Montijo en 1853, le décor sert à montrer que ce mariage, en apparence anecdotique, comptera pour l'histoire. Les photographies faites lors du baptême de leur fils, le prince impérial, en 1856 attestent de la fin du chantier de restauration. Viollet-le-Duc a ajouté, devant la façade qui vient de retrouver ses statues, une architecture provisoire et « festive » – mot horrible, mais ici bien adapté – pour laquelle il a dessiné lui-même plusieurs aquarelles, attentif à tous les détails. Il retrouvait ainsi la tradition des décors éphémères et des joyeux mystères donnés sur le parvis. Il agissait comme un architecte du Moyen Âge réincarné l'aurait fait pour son souverain.

Un monument du XXe siècle

Notre-Dame est devenue, au XXe siècle, le décor insurpassable des obsèques nationales : certes Victor Hugo avait réclamé le corbillard des pauvres qui le conduisit de l'Arc de triomphe au Panthéon sans passer par sa « cathédrale », mais on y célébra les funérailles de Maurice Barrès, de Raymond Poincaré, du maréchal Leclerc de Hauteclocque, dont la devise familiale aurait plu à Quasimodo puisqu'elle est : *On entend loing haulte clocque*... Sans oublier, en 1955, l'enterrement de l'autre grand écrivain de Notre-Dame, Paul Claudel. Ce jour-là, s'élève la voix de Robert d'Harcourt, qui lui rend hommage et réaffirme que Notre-Dame est devenue le lieu du sacre des écrivains :

« Retrouver la fraîcheur des empreintes primitives, rouvrir les sources de l'enfance du monde – c'est l'effort auquel nous convie Claudel. Le poète ne doit pas se contenter de recueillir dans ses yeux la beauté du monde ni d'en louer la magnificence. Il doit aller plus loin et montrer la part qui revient à la splendeur de la fleur dans l'harmonie d'un univers créé. Toute beauté est une preuve, une démonstration et une voie. [...] Il a entendu la voix profonde le 25 décembre de l'année 1886, pendant les vêpres à Notre-Dame de Paris, contre le deuxième pilier de droite. Jusqu'alors il a vécu dans le désert de l'incroyance, dans ce qu'il a appelé le "bagne matérialiste". [...] Et le voilà, soudainement, comme saint Paul, bouleversé et illuminé par l'invasion de la grâce. »

Dans la cathédrale auront lieu les grands hommages planétaires, à Charles de Gaulle, en 1970, à Georges Pompidou, en 1974, à François Mitterrand, en 1996 – on se souvient que l'écran divisé en deux montrait les funérailles à Jarnac et la cérémonie à Paris, la théorie des deux corps du souverain dans sa traduction télévisuelle.

Il y eut les visites des pontifes, Jean-Paul II en 1980, le premier à venir en France après Pie VII – accueilli par le chevrotant, rocailleux et populaire cardinal Marty –, Benoît XVI en 2008 et les célébrations du 850e anniversaire de la fondation de la cathédrale à la fin de 2012. En 2015, le 15 novembre, après les attentats, le glas sonna à Notre-Dame, l'église de l'histoire de France, pour ceux qui croient au ciel et pour ceux qui n'y croient pas.

Éloge du mélange des genres

La cathédrale défigurée ressemble aujourd'hui à Quasimodo. Elle est, pour Hugo comme pour nous, celle qu'on veut défendre et qu'on aime. Elle a cette laideur qui aimante les yeux. De son regard de cyclope, Quasimodo en haut des tours regarde « Paris à vol d'oiseau » ; nous observons aujourd'hui le phénomène inverse, le monde entier regarde la carcasse blessée et attend d'entendre à nouveau sonner les cloches. Devant la façade, les personnages regardent danser Esméralda et sa chèvre savante – dans le roman, un des héros est amoureux de la chèvre, c'est Gringoire, le poète – mais ils ne comprennent plus rien au décor sculpté. Ils ont remplacé le discours de la foi par l'alchimie. Le langage universel de cette « Bible des pauvres » que déchiffrera Émile Mâle, nouveau Champollion à l'époque de Proust, est devenu une suite d'incompréhensibles hiéroglyphes. Les hommes de 1830 se trouvent, eux aussi, devant un monument désormais énigmatique, un « sphinx ». Hugo écrit pour que les historiens travaillent et déchiffrent.

Le grand chantier de restauration de Notre-Dame n'aurait pas existé sans Hugo, grand alchimiste. Viollet-le-Duc restitue les statues des rois de Juda tombées pendant la Révolution. En guidant ses sculpteurs il fait exécuter des statues devenues des chefs-d'œuvre du style néo-médiéval du XIXe siècle. Le plus grand musée de sculptures du XIXe siècle à ciel ouvert est Notre-Dame de Paris, mais personne ne le voit.

Victor Hugo, en avance sur les débats doctrinaux de son siècle au sujet de la définition des monuments susceptibles d'être protégés, est le premier à défendre l'idée d'un bâtiment intéressant parce qu'il est composite : l'édifice n'est ni roman, ni gothique, il est beau parce qu'il est entre les deux. Certaines parties sont du XIIe, d'autres du XIIIe siècle, et la réussite vient de là. Il décrit une sorte d'humanité des pierres. D'autres que lui voulaient sauvegarder en priorité les monuments qui attestent à la perfection d'une seule époque et peuvent servir à la définir. Comme le drame romantique, fait de tragédie et de comédie, sa cathédrale témoigne de styles contradictoires cousus ensemble. Elle est faite pour raconter plusieurs histoires superposées, comme des strates, comme les cernes d'un vieux tronc – l'intrigue du livre, compliquée, est à l'image de l'archéologie du pays.

Ceci sauvera-t-il cela ?

Claude Frollo, archidiacre de Notre-Dame, prononce alors cette fameuse formule : « Ceci tuera cela. »

Le XVe siècle est marqué par les débuts de l'imprimerie, la diffusion du savoir : Frollo veut dire que le livre tuera la cathédrale. Or ce roman, qui se passe aux débuts de l'imprimerie, est écrit dans un moment où la librairie, le livre illustré sont en pleine expansion. Grâce à la lithographie, à l'usage des vignettes, aux bois gravés, l'image entre par brassées entre les pages. Pour l'archidiacre Frollo la nouvelle invention est une menace, elle met en péril Notre-Dame. Le livre, dit-il, peut tuer l'édifice. Pour Hugo, le livre, le sien, gorgé d'illustrations, sauvera cela, le grand massif de pierres incompréhensible et bancal. Les pionniers de la photographie, on l'a vu, ne s'y sont pas trompés, qui se sont emparés du monument de Hugo pour en faire un sujet de choix pour leurs nouvelles images.

À travers la révolution des réseaux sociaux dont nous sommes aujourd'hui témoins, cette nouvelle révolution « médiologique », au sens où l'entend Régis Debray, qui vient d'avoir lieu, l'événement tragique de l'incendie a été suivi à travers le monde sur Twitter, sur Facebook, sur Instagram, sur Snapchat… La même histoire se poursuit, personne n'aurait pu le prévoir. À chaque révolution de l'image, surgit la bure de Claude Frollo.

Ceci sauvera-t-il cela ? Hugo y aura gagné de nouveaux lecteurs, son livre a dû être réimprimé en urgence, mais l'édifice ? Ces milliers d'images vues par tout le monde auront peut-être été une première restauration de son sens profond.

La flèche

L'évocation de la flèche de Viollet-le-Duc, dans la semaine d'avril 2019 qui suit la catastrophe, attire les stupidités comme un paratonnerre. Dès lors qu'elle est à terre, les projets des architectes se mettent à crépiter, après la déclaration du Premier ministre reprenant la bonne vieille antienne du « geste » contemporain et annonçant un « concours international ». La déesse Raison, dont la cathédrale était le temple sous la Révolution, ne semble plus avoir la moindre influence sur son petit peuple de fidèles.

Fleurissent aussitôt des projets de flèche de cristal, de toits arborés, connectés, environnementaux, écoresponsables, des montages comiques inspirés par l'architecture de la Fondation Louis Vuitton. Faut-il du béton, de l'acier, du « lamellé-collé » ? La charpente carbonisée était surnommée « la forêt », qu'à cela ne tienne, plantons des arbres sur le toit, comme ceux de la cathédrale de la Résurrection d'Évry de Mario Botta inaugurée en 1996. Pourquoi pas ? Les producteurs de bois se manifestent, on entend parler de la forêt de Tronçais, un nom qui sonne. Tous ceux qui n'y connaissent rien trouvent des choses à dire.

La législation française sur les monuments historiques s'est forgée au XIXe siècle. La création d'un service, d'abord modeste, confié bientôt au génial et tourbillonnant Prosper Mérimée, multipliant les voyages à travers le pays, a marqué cette période de la monarchie de Juillet où les Français ont tant aimé l'histoire. Sous le Second Empire, Mérimée, proche de l'impératrice, a les moyens d'imposer la doctrine qui est en train de naître dans l'action. Il s'entoure de la cohorte, savante et entreprenante, des jeunes architectes restaurateurs. La IIIe République a élargi encore le propos et a vu se développer le culte de l'histoire racontée dans chaque grande ville, dans chaque région, ponctuée de monuments insignes qu'il fallait avoir vus une fois dans sa vie.

La loi de 1913 sur les monuments historiques fixe une grande politique française, entre la loi de séparation de l'Église et de l'État – qui fait de ce dernier le propriétaire et donc le responsable des cathédrales – et les destructions majeures du premier conflit mondial – symbolisées par le martyre de la cathédrale de Reims. Ce sont les bases. Le code du patrimoine, la loi noblement intitulée en 2016 « loi relative à la liberté de la création, à l'architecture et au patrimoine » – dans les bureaux de la rue de Valois, on dit la « loi CAP » – héritent de cette histoire.

La charte internationale sur la conservation et la restauration des monuments de 1964, dite « Charte de Venise », ratifiée par la France, est très claire, dans son article 11 :

« Les apports valables de toutes les époques à l'édification d'un monument doivent être respectés, l'unité de style n'étant pas un but à atteindre au cours d'une restauration. Lorsqu'un édifice comporte plusieurs états superposés, le dégagement d'un état sous-jacent ne se justifie qu'exceptionnellement et à condition que les éléments enlevés ne présentent que peu d'intérêt, que la composition mise au jour constitue un témoignage de haute valeur historique, archéologique ou esthétique, et que son état de conservation soit jugé suffisant. Le jugement sur la valeur des éléments en question et la décision sur les éliminations à opérer ne peuvent dépendre du seul auteur du projet. »

Interrogé par le magazine *Le Point*, un des rares architectes vivants à avoir construit une cathédrale il y a peu, la cathédrale russe de Paris, Jean-Michel Wilmotte déclare :

« Ce qui s'est passé, ce drame, c'est presque un signe. Ce coup de tonnerre a provoqué une réflexion œcuménique et engendré une sorte de "réveil français". L'idée d'un concours international d'architecture ne me plaît pas. Il y a suffisamment d'architectes qualifiés dans notre pays. L'excellence française, c'est notre savoir-faire. Pour une fois, je serais presque protectionniste vis-à-vis de ce sujet. Et puis, au lieu d'un concours d'individus, je pense qu'il serait préférable de faire un concours d'équipes mixtes, de collectifs constitués d'architectes, d'ingénieurs et d'historiens, capables de mettre davantage de profondeur dans leur approche commune : esthétique, technique, financière, patrimoniale, etc. Connaissez-vous le nom de l'architecte qui a construit Notre-Dame ? Pour ma part, je retiens que ce sont des compagnons, des pierreux, des charpentiers, des hommes qui coulaient du plomb. »

Son idée est d'opter pour des matériaux et des techniques nouvelles, comme il l'a fait pour la toiture du collège des Bernardins, comme l'architecte Alain-Charles Perrot l'a fait pour rendre une couverture au parlement de Bretagne, incendié à Rennes en 1994.

Intelligemment, Jean-Michel Othoniel, qui est intervenu avec beaucoup de talent à la cathédrale d'Angoulême – chef-d'œuvre de Paul Abadie, l'architecte tant décrié du Sacré-Cœur de Montmartre –, a fait savoir que s'il y avait un concours il y répondrait. L'homme de la bouche de métro dite « Kiosque des noctambules » au Palais-Royal a annoncé que son projet, extrêmement détaillé, serait la reconstruction scrupuleuse, à l'identique, de la flèche de Viollet-le-Duc. S'il fait cela, il faut espérer qu'il gagne !

Pourquoi en effet s'acharner à tout prix contre cette flèche, devenue en une semaine le point d'impact d'un orage médiatique, ridicule combat des anciens et des modernes ? Le débat, aussitôt politisé, et de manière caricaturale, tourne instantanément au pugilat entre conservateurs et progressistes, dans un pays qui se jette avec avidité sur tout ce qui peut rappeler le bon vieux temps du clivage entre la gauche et la droite. Ce titre circule : « Droite et extrême droite appellent à reconstruire

Notre-Dame à l'identique. » Un coq virtuel, en haut du clocher, n'a pas cessé de tourner.

Le débat ne doit surtout pas être politique. Avec force, il faut le redire : il y a eu Victor Hugo et il y a eu Viollet-le-Duc. La « résurrection du passé » entreprise par Michelet, à la même époque, n'est certes plus celle que pratiquent les historiens d'aujourd'hui, mais il reste que Michelet est un immense écrivain, et qu'on ne peut rayer d'un trait son apport à la science historique. Faut-il cesser de lire son *Histoire de la Révolution française*, dont une nouvelle édition vient de paraître, sous prétexte qu'en ce domaine les historiens ont fait des progrès ? Viollet-le-Duc, de la même façon, est un très grand architecte, qui compte dans l'histoire – et tant pis si son Moyen Âge n'est pas le Moyen Âge d'aujourd'hui. Sa flèche, dont il parle dans son *Dictionnaire raisonné de l'architecture*, était à ses yeux ce qu'il avait bâti de mieux. Une vieille dame tombée à terre mérite des secours, pas une extrême-onction et l'étude immédiate de son remplacement par une jeune fille.

Viollet-le-Duc, jadis considéré comme un pasticheur, le mauvais architecte qui aurait déformé les monuments médiévaux en intervenant pour les sauver de la ruine, a depuis longtemps été réhabilité. Nul ne dit plus, d'un air dédaigneux : « C'est du Viollet-le-Duc ! »

Les catalogues fondateurs datent de 1980 : Bruno Foucart au Grand Palais avait dirigé la première monographie, avec des chercheurs nommés Henri Loyrette, futur directeur d'Orsay puis président du Louvre, Alain Erlande-Brandenburg, le grand médiéviste, ou Louis Grodecki, immense historien de l'art né en 1910 qui signa là un de ses derniers textes. Ce catalogue, qui faisait appel aux meilleurs dans tous les domaines, a marqué son époque.

À l'École des beaux-arts, la même année, sous le commissariat de Jean-Jacques Aillagon, une autre exposition saluait en Viollet-le-Duc le voyageur amoureux de l'Italie, l'aquarelliste surdoué, le créateur.

Dans le monde de l'histoire de l'art, on a cru que le combat contre les lieux communs et les clichés était gagné.

Suivirent de surcroît quarante années de recherches érudites, de restaurations, de classement au nombre des monuments historiques d'édifices qu'on voulait détruire en 1970, l'inscription des remparts de Carcassonne à l'Unesco au titre du patrimoine du XIXe siècle. La reconnaissance semblait totale. Récemment, un grand livre signé de Françoise Bercé[1], qui s'achève par une histoire des polémiques qui ont

1. Françoise Bercé, *Viollet-le-Duc*, Éditions du patrimoine, 2013.

entouré trop longtemps le nom de Viollet-le-Duc, et une magnifique exposition à Chaillot, à la Cité de l'architecture, ont parachevé ce cycle glorieux. Le catalogue s'attachait à la dimension artistique de son œuvre, montrait ses aquarelles, ses plans et ses dessins.

En sortant de cette exposition, en 2014, je me suis dit que le procès était gagné définitivement : un visionnaire, un inventeur, un amoureux du Moyen Âge sincère et passionné, tel serait le Viollet-le-Duc lumineux du XXIe siècle. La bataille, hélas, n'était remportée que dans le cercle des universitaires et des conservateurs de musées : le monde politique n'avait rien entendu ni rien compris de ces presque cinquante ans passés à lutter contre les simplifications et les caricatures.

Si la flèche du Mont-Saint-Michel tombait, hésiterait-on à la reconstruire sous prétexte qu'elle ne date pas du Moyen Âge mais de 1897 ? Imaginerait-on aujourd'hui le Mont sans son archange doré ? La flèche du Mont est un immense cadran solaire, qui projette son ombre sur la baie, qui rythme les marées, résiste aux tempêtes et éclate sous le soleil. Ce symbole magnifique, on le doit au XIXe siècle, à l'élan des architectes restaurateurs. Ils ont été l'armée qui a permis la renaissance du patrimoine.

Cette image d'un XIXe siècle salvateur, cette flèche symbole de Notre-Dame, image d'une prière ardente tendue vers le doigt de Dieu, qui parle à tous dans une langue universelle, on voudrait aujourd'hui la détruire ? Ajouter aux ravages de l'incendie des conséquences plus désastreuses encore ? Le monde entier a instinctivement vu circuler l'image de cette flèche martyrisée et rougeoyante, parce qu'elle parle haut et clair dans toutes les langues de l'humanité.

L'incendie en est la terrible démonstration : Viollet-le-Duc a donné à Paris son grand repère, l'accent visuel qu'il lui fallait, il a parachevé le monument qu'il a restauré, donné à la cité ce qu'on appelle aujourd'hui une « identité visuelle ». Il a signé son œuvre sur une plaque de métal, avec le nom du charpentier, la mention des compagnons du Devoir : le savoir-faire d'un peuple. Cela aussi, n'est-ce pas de l'humanité ? Un adjoint à la maire de Paris, de gauche, a tweeté la photo qu'il avait faite, lors d'une visite, de la plaque portant les noms des auteurs de la flèche. Ce savoir-faire existe encore, peut-être pas dans les grandes entreprises de construction, mais chez les compagnons du Devoir – il suffit pour s'en convaincre de visiter le merveilleux musée du Compagnonnage de Tours et de les voir travailler lors des Journées du patrimoine.

Viollet-le-Duc est l'auteur ou l'inspirateur des lutrins, des candélabres, des reliures des livres saints, il a dessiné les grilles du chœur, le grand candélabre du cierge pascal qui n'a pas pu servir à Pâques cette année, il a supervisé ou dessiné lui-même les gargouilles et les chimères. Notre-Dame, que cela plaise ou non, porte sa griffe, il en a fait son œuvre, cohérente et harmonieuse, où règne une unité esthétique, du pavement au coq de la flèche. Son génie est d'avoir repensé la cathédrale comme un monde en soi, parfaitement cohérent, de s'être mentalement comporté comme un maître médiéval et d'avoir conçu un tout dont il faut, après lui, respecter chaque partie.

Structuré comme un langage, le gothique de Viollet-le-Duc à Notre-Dame raconte l'inconscient de la France. Lui enlever sa flèche, c'est l'amputer, rendre le discours tenu par l'édifice incompréhensible, toucher à la clef de la poésie nationale.

Viollet-le-Duc lui-même n'est pas le meilleur rempart contre ceux qui veulent nier son œuvre. Il écrit dans ses *Entretiens* : « Le style réside uniquement dans l'expression vraie et sentie d'un principe et non dans une formule immuable[1]. » Il faut comprendre cette phrase dans son temps. Aujourd'hui, il est établi qu'il y a eu dans la France du Second Empire un style éclectique – celui de

1. Bruno Foucart, préface au catalogue *Viollet-le-Duc*, Éditions de la Réunion des musées nationaux, 1980, p. 13.

Charles Garnier à l'Opéra – et un style Viollet-le-Duc. L'un et l'autre ont leur place dans l'histoire.

Rien n'interdit, une fois ces limites posées clairement, d'ajouter à Notre-Dame ou sur le parvis un élément artistique d'aujourd'hui, qui serait un avertissement pour l'avenir, un rappel du drame du 15 avril 2019 – sans que ce soit un mémorial. L'incendie de Notre-Dame n'est qu'un accident aux conséquences désastreuses, ce n'est ni celui du Reichstag ni le bombardement de Berlin…

Du côté du clergé, qui n'a rien à dire puisque la cathédrale appartient à l'État, mais qui en est « affectataire », nul ne semble tenir vraiment à Viollet-le-Duc : demeure l'idée qu'il a alourdi, au XIXe siècle, cette cathédrale du bord de la Seine, qu'il a tant aimée. Le Premier ministre demande qu'on remplace la flèche ? Pourquoi pas. On veut voter une loi spéciale, pour aller plus vite en apparence et contourner la loi actuelle et l'adhésion à la Charte de Venise ? Bonne idée !

Les procédures existent pourtant, la France possède une Commission nationale des monuments historiques, une Direction générale des patrimoines, des architectes et des conservateurs spécialistes. Vouloir une « loi Notre-Dame » n'est qu'un faux-nez politique, pour montrer aux médias que le gouvernement prend le problème au sérieux. Réclamer une flèche signée d'un grand architecte international, c'est miser sur le tourisme. Une loi spécifique ne sert à rien et une mesure d'exception ne peut qu'entraîner des dérives. Hugo, dans « Guerre aux démolisseurs », s'écriait : « Il suffit d'une loi, qu'on la fasse », pour sauver les monuments. Aujourd'hui, le mot d'ordre devrait être : « Il suffit d'une loi, qu'on ne la fasse pas. »

Cette controverse pose, à propos de la future restauration de la cathédrale, une question plus large : le patrimoine du XIXe siècle, mal aimé et mal compris, va-t-il disparaître sous nos yeux ?

Guerre aux démolisseurs (suite)

Aujourd'hui, l'affaire de la flèche, qu'on ne voudrait pas reconstruire dans son état Viollet-le-Duc sous prétexte qu'elle n'était pas ainsi au Moyen Âge, révèle non seulement l'ignorance de la majorité des hommes politiques, leur démagogie si visible, mais surtout le péril que courent, partout, les grands monuments du XIXe siècle. Ce patrimoine, en majorité religieux, d'édifices restaurés au temps de Mérimée et de ses architectes, est en danger. Personne n'en parle, il n'est guère aimé, les mécènes préfèrent voler au secours de la victoire médiatique, à Versailles – ou à Notre-Dame.

La situation des églises de Paris est catastrophique. Le service qui s'en occupe, dirigé avec talent par Véronique Milande, conservatrice du patrimoine, travaille pourtant très bien. Il s'agit de la COARC, nom cocasse et croassant qui signifie « Conservation des œuvres d'art religieuses et civiles ». Là où elle agit, tous les problèmes sont traités à la perfection. Hélas, la tâche est colossale, une visite à Saint-Séverin ou à Saint-Merri, à proximité du centre Pompidou, suffit à effrayer et à ressortir convaincu de la nécessité d'intervenir.

À Saint-Sulpice, où l'on n'a restauré qu'une chapelle, les autres sont lépreuses et noires, à Saint-Denys-du-Saint-Sacrement, à côté du musée Picasso, à part ici encore un superbe Delacroix restauré à l'occasion de l'exposition du Louvre, on laisse mourir les œuvres des élèves d'Ingres… Le clergé, indifférent, installe avec rage des panneaux de toile de jute sur pieds montrant « l'équipe paroissiale et ses diverses composantes » – là réside la vraie joie architecturale et ornementale des prêtres et des religieuses, avec les plantes vertes en plastique – et de hideuses guérites transparentes intitulées « accueil » où, évidemment, il ne vient personne…

La restauration de la façade de Saint-Augustin est un heureux début, tout le reste de l'église attend des secours et n'est qu'une vallée de larmes. À Saint-Eustache, la nef immense appelle à l'aide, une façade, celle qui se voit, du côté du jardin des Halles, a été restaurée, le chantier se poursuit à l'intérieur, mais comme il avance lentement ! À Sainte-Clotilde, les peintures de William Bouguereau s'écaillent et se cloquent. Dans dix ans, il ne restera rien de ce qu'aura été le grand mouvement de l'art religieux français du XIXe siècle, en peinture, en sculpture, en architecture. Comment comprendre Bouguereau, comment comprendre les frères Flandrin, si on ampute leur œuvre de tout son versant religieux ? Partout des églises désaffectées sont vendues, on en fait des lofts, des galeries marchandes, des ateliers – et parfois des foyers d'accueil associatifs, pour les plus pauvres, ce que l'Église aurait pu essayer de faire au lieu de tout brader…

L'incendie de Notre-Dame devrait être l'occasion malheureuse d'une prise de conscience : nous n'avons pas le droit de voir disparaître ce patrimoine du XIXe siècle. Le XIXe siècle est pour notre génération ce que le Moyen Âge a été pour les hommes du temps de Hugo : une masse d'édifices indistincts et mal aimés, qu'on laisse abattre parce qu'on ne sait plus les voir. Il est temps de crier à nouveau : « Guerre aux démolisseurs ! »

Ce patrimoine est fragile, quasimodesque et brinquebalant. Ces bâtiments ou ces ajouts faits sur des édifices plus anciens, qui ont passé les cent ans, sont à bout de souffle. Il faut des travaux de gros œuvre, des interventions délicates sur les décors peints et les sculptures.

Le moment est le bon pour intervenir. Or c'est celui qu'on choisit, au gouvernement, dans les médias, pour reprendre le refrain qu'on croyait ne plus jamais entendre : « Tout cela, c'est du Viollet-le-Duc et du sous-Viollet-le-Duc, ce n'est pas bien grave. » La responsabilité de notre génération vis-à-vis de celles qui viennent est considérable. Les Anglais, les Allemands, les Italiens, les Espagnols aiment leur XIXe siècle, l'entretiennent, le font vivre, la France veut rester sous sa crasse.

Un bon exemple est celui de l'église Saint-Germain-des-Prés, qui vient d'être brillamment restaurée. Les grandes peintures d'Hippolyte Flandrin, le meilleur élève d'Ingres, sont réapparues. Il a fallu d'abord reprendre et assainir la structure, qui était médiévale mais avait été très restaurée au XIXe siècle. Un très bon architecte s'en est chargé. Il a fallu réunir des mécènes, sensibiliser, lancer une opération joliment intitulée « Adoptez une étoile » pour que la voûte constellée brille à nouveau – avec l'aide, limitée, de la mairie de Paris. Ce qui a été fait là peut servir de modèle : en 1970 il était question de détruire tous les décors de Saint-Germain-des-Prés au nom d'une prétendue simplicité médiévale, bien hypothétique. Le chantier dont la seconde tranche s'est achevée au début de 2019 semblait laisser penser que le combat pour le XIXe siècle était bel et bien en passe d'être gagné. Que d'autres églises de la ville allaient suivre…

La cathédrale Notre-Dame est sous la responsabilité de l'État, la ville s'occupe de ses églises, et n'importe quelle visite démontrera qu'elle n'en fait pas assez et qu'il y a péril en la demeure. Il est vrai que la tâche est immense. La Fondation Notre-Dame, qui recueille une pluie de dons pour la cathédrale, ne peut-elle pas en faire ruisseler un peu sur les églises de Paris qui, si elles n'ont pas brûlé, sont inexorablement rongées par le temps et l'incurie ? Ce serait une bonne action, qui de surcroît serait susceptible de faire école, à Nîmes, à Nantes, à Nancy… Les sommes réunies pour Notre-Dame vont excéder, semble-t-il, deux fois le prix que devrait coûter le chantier : il serait bon qu'une sorte de communion des saints appliquée à leurs églises permette aux plus démunies de bénéficier de cette manne. Avec une partie du milliard qui vient d'être rassemblé on peut stopper les démolisseurs.

L'État, les municipalités, doivent en effet se lancer sans tarder dans ces chantiers, partout en France ; le devoir est de restaurer, d'entretenir, de comprendre et de transmettre. Mais ils ne sont pas les seuls acteurs : l'Église regarde ailleurs. Elle pense que les églises ne doivent pas être des musées et que l'Église est faite de « pierres vivantes ». Sur ce sujet aussi, qui concerne les historiens de l'art, croyants ou non, les pratiquants autant que les déçus du catholicisme, il est possible de tirer, sans dogmatisme, de nombreuses leçons de l'incendie de Notre-Dame.

Notre-Dame et les catholiques

La réaction de l'Église catholique a surpris. Universelle par définition, cette dernière se devait, après ce drame qui a eu un écho planétaire, de parler au monde entier. Les premiers prêtres et évêques invités sur les plateaux de télévision insistèrent sur les « pierres vivantes » qui constituent l'Église, les chrétiens d'abord. C'était avant tout une manière de se réjouir que nul n'ait été blessé, ni parmi les fidèles, venus pour la messe de six heures, évacués à temps, ni parmi les sapeurs-pompiers. Mais dans les milieux des passionnés du patrimoine, nombreux furent ceux qui, après les premiers mots prononcés par Mgr Aupetit qui parla le soir même, juste avant le président de la République, crurent entendre que l'Église se désintéressait de son monument.

L'archevêque de Paris déclarait ensuite, à Saint-Sulpice, lors de la messe chrismale de la semaine sainte :

« Nous allons rebâtir la cathédrale. L'émotion mondiale, l'extraordinaire élan de générosité qu'a suscité l'incendie qui l'a en partie détruite, vont nous permettre d'envisager son relèvement, nous pourrions parler en ces temps de Pâques de résurrection certaine. Mais il nous faut aussi relever l'Église. »

Constat parfait : l'Église de France vit une des pires périodes de son histoire. L'incendie de Notre-Dame arrive au mauvais moment. De cette coïncidence fâcheuse, il faut, le clergé le sent bien, faire une arme pour le « relèvement ».

Une grande figure du catholicisme français, Mgr Benoist de Sinety, alla plus loin, quelques jours plus tard, en déclarant à l'hebdomadaire *La Vie* – la célèbre *Vie catholique*, qui a depuis 1977 modifié son titre, quitte à perdre en route une partie de son lectorat :

« Tous ont vu la flèche de Notre-Dame s'abattre dans les flammes, et tous s'émeuvent de sa reconstruction. Cette flèche avait été démontée à la fin du XVIIIe siècle, et rebâtie plus grande qu'elle ne l'était au XIXe siècle par l'architecte Eugène Viollet-le-Duc. Je ne suis pas persuadé que ce dernier l'ait davantage fait pour la gloire de Dieu que pour sa propre gloire… Il y a une part d'orgueil humain qui a disparu avec l'incendie. Cette symbolique n'est pas neutre. Si nous privilégions cet élément dans la reconstruction de la cathédrale, cela veut dire qu'on voit dans Notre-Dame uniquement une tour de Babel. Or, elle est une église, c'est un lieu de culte[1] ! »

Benoist de Sinety est pourtant l'homme à qui l'on doit le sauvetage de Saint-Germain-des-Prés que la mairie de Paris ne finança qu'à hauteur de 15 %. Il est tentant, quand on aime l'histoire et le parfum de l'encens montant entre les vieilles voûtes enluminées au temps des élèves d'Ingres, de rappeler à l'homme d'Église, pour contrer ses propos dignes d'un moderne Savonarole, cette célèbre page de l'Évangile :

« Mais Marie ayant pris une livre d'huile de parfum de vrai nard, qui était de grand prix, elle le répandit sur les pieds de Jésus, et les essuya avec ses cheveux [...]. Alors l'un de ses disciples [...] dit : Pourquoi n'a-t-on pas vendu ce parfum trois cents deniers, qu'on aurait donnés aux pauvres ? [...] Mais Jésus dit : Laissez-la faire [...]. Car vous avez toujours des pauvres parmi vous ; mais pour moi, vous ne m'aurez pas toujours[2]. »

Avec esprit, interrogée le samedi saint par Laurent Ruquier dans son émission « On n'est pas couché »,

1. « Peut-on rebâtir Notre-Dame sans penser aux pauvres ? », entretien avec Mgr Benoist de Sinety, propos recueillis par Pierre Jova, *La Vie*, 19 avril 2019.

2. *Évangile selon saint Jean*, traduction de Louis-Isaac Lemaistre de Sacy, 1667.

la comédienne Marie-Christine Barrault a cité les propos de Marcel Bleustein-Blanchet au lendemain de l'incendie du siège de Publicis, son entreprise, en 1972, sur les Champs-Élysées : « Les clients, eux, n'ont pas brûlé. » Pour l'Église catholique, c'est la même chose : les « pierres vivantes » que sont les chrétiens sont toujours là et se sont, durant cette nuit épouvantable, rassemblées spontanément.

Victor Hugo, quand il réhabilitait Notre-Dame, dans son livre qui n'est guère religieux, et qui déplut alors à Montalembert, pilier du renouveau catholique, bénéficiait du vaste mouvement de résurrection du catholicisme français. Il devait s'en agacer un peu, mais il l'utilisa. Après la déchristianisation révolutionnaire, le Concordat conclu par Napoléon avec le pape Pie VII, le succès du *Génie du christianisme* de Chateaubriand, l'opinion était prête à adopter comme une sorte de cause nationale les chantiers de restauration des cathédrales. On avait retrouvé une espèce de foi – et certainement une foi en l'art.

À cette date, Hugo n'a donc pas besoin de faire l'apologie du christianisme, il peut même dénoncer le vandalisme ecclésiastique, il aura bientôt avec lui le très voltairien Mérimée pour lancer des chantiers dans toute la France, appuyé par un clergé fort et enthousiaste.

En 2019, la situation est inverse, l'incendie de Notre-Dame conclut une période particulièrement noire pour les catholiques de France, minés par les polémiques et les scandales, incapables de faire entendre un discours clair sur la foi ou sur les pauvres, incapables de séduire et d'attirer de grandes figures intellectuelles, incapables de faire oublier les drames humains causés par un religieux naguère vénéré comme le père Marie-Dominique Philippe, ou les abus dont le père Preynat, à Lyon, s'est rendu coupable. Au moment de l'incendie de Notre-Dame, l'Église de France est en charpie. « Les clients n'ont pas brûlé. » Est-ce si sûr ? De quoi la cathédrale était-elle l'écrin ? Qui étaient les 30 000 personnes qui, chaque jour, venaient à Notre-Dame ? Que venaient-ils y chercher ? Un décor divertissant, une toile de fond aux teintes atténuées attirant ceux qui ont aimé *Le Bossu de Notre-Dame* de Walt Disney et la comédie musicale de Luc Plamondon ?

Lors de la messe de Pâques, très attendue après cette semaine traumatisante, célébrée à Saint-Eustache, édifice en péril, l'homélie de Mgr Aupetit, trop brève, dédiée à d'émouvants remerciements pour les pompiers et leur aumônier qui au péril de sa vie était allé sauver le saint sacrement, n'a pas été le grand texte refondateur dont l'Église de France a besoin. L'« éloquence de la chaire » aurait-elle disparu ?

« Loin de nous les héros sans humanité ! Ils pourront bien forcer les respects et ravir l'admiration, comme font tous les objets extraordinaires ; mais ils n'auront pas les cœurs. Lorsque Dieu forma le cœur et les entrailles de l'homme, il y mit premièrement la bonté comme le propre caractère de la nature divine, et pour être comme la marque de cette main bienfaisante dont nous sortons. »

Ces mots viennent après des récits de grandes batailles, ils parlent d'amour et de gloire. Ils ont été prononcés à Notre-Dame de Paris, en mars 1687, par Bossuet, en chaire. C'est l'oraison funèbre du Grand Condé, qu'il faudrait faire apprendre par cœur dans les séminaires – entre deux indispensables cours d'histoire de l'art. Aimer la beauté, être éloquent, c'est aider ses semblables à regarder vers le haut. C'est un devoir sacré dont les siècles passés donnent l'exemple à tous les prêtres. Sont-ils sourds ?

Victor Hugo avait édifié un mythe universel, avec son roman, parce qu'il avait eu l'intelligence de comprendre, en jeune écrivain impétueux, qu'une correspondance s'établirait dans tous les esprits entre le moment et le monument. La restauration des pierres allait accompagner le renouveau de l'Église. Aujourd'hui, le désastre matériel semble aggraver encore la débandade des esprits et des cœurs. Le catholicisme, crispé sur son aile droite, ne saisit pas l'occasion mondiale, qui lui est donnée par la tragédie, de faire entendre une parole universelle – dans une France en crise, qui ne rêve que de « grands débats ». Les « pierres vivantes » se comptent, elles ne suffisent pas, elles ne sont qu'une minorité – plutôt âgée, le public de cette messe à Saint-Eustache en témoignait – parmi les millions de « spectateurs » qui, en voyant l'incendie, ont réfléchi peut-être, pour la première fois de leur vie, à ce qu'est une « cathédrale », édifice mystique.

Nombreux furent ceux qui, dans la nef de Saint-Eustache, catholiques déçus et meurtris, murmuraient : « Lustiger manque vraiment... » Notre-Dame de l'humanité devrait d'abord être, pour le peuple catholique, Notre-Dame de l'humilité, un grand chantier intellectuel. Il faudrait pour cela des écrivains, des artistes, des philosophes, Hugo, Lacordaire, Montalembert, Ingres, Flandrin et bien sûr un Viollet-le-Duc... Où sont-ils ?

La restauration d'une cathédrale doit être la restauration de son sens, une refondation spirituelle : elle se fait attendre... Dans son message de Pâques, avant l'habituelle bénédiction *urbi et orbi*, le pape François ne fit pas la moindre allusion au calvaire vécu par Notre-Dame de Paris. Le don envoyé par le Vatican – 20 000 euros, semble-t-il – pour la restauration suscita des commentaires dans la presse tant il est apparu modeste. François n'a pas annoncé non plus, à cette occasion, ce voyage en France que certains souhaitent depuis le début de son pontificat… La « fille aînée de l'Église », saluée jadis de cette ancienne formule oubliée par Jean-Paul II à sa première visite, doit apprendre à vivre seule – avec son immense patrimoine d'art sacré, qui ne semble pas l'intéresser plus que cela, dont elle ne sait pas faire une arme pour s'adresser aux croyants et capter l'attention des brebis égarées.

Comment faire vivre la cathédrale de demain ?

Proust, agnostique, est peut-être celui qui a le mieux compris, dans un article de 1904 intitulé « La mort des cathédrales », qu'on ne peut pas restaurer un lieu de culte comme on restaurerait un musée. Ces édifices sont vivants. Il leur faut des offices et de l'encens. Quand on a retrouvé le théâtre antique d'Épidaure, on y a joué des tragédies antiques – et le lieu oublié est devenu célèbre et aimé. Il faut, si l'on veut le conserver et le transmettre, restaurer l'usage du monument, pas seulement sa forme. Proust se lance dans ce beau raisonnement par l'absurde :

« Supposons pour un instant le catholicisme éteint depuis des siècles, les traditions de son culte perdues. Seules, monuments devenus inintelligibles, d'une croyance oubliée, subsistent les cathédrales, désaffectées et muettes. Un jour, des savants arrivent à reconstituer les cérémonies qu'on y célébrait autrefois, pour lesquelles ces cathédrales avaient été construites et sans lesquelles on n'y trouvait plus qu'une lettre morte ; lors des artistes, séduits par le rêve de rendre momentanément la vie à ces grands vaisseaux qui s'étaient tus, veulent en refaire pour une heure le théâtre du drame mystérieux qui s'y déroulait, au milieu des chants et des parfums, entreprennent, en un mot, pour la messe et les cathédrales, ce que les félibres ont réalisé pour le théâtre d'Orange et les tragédies antiques. Certes le gouvernement ne manquerait pas de subventionner une telle tentative. Ce qu'il a fait pour des ruines romaines, il n'y faillirait pas pour des monuments français, pour des cathédrales qui sont la plus haute et la plus originale expression du génie de la France. »

Voilà donc Proust, sur fond de querelle au sujet de la séparation de l'Église et de l'État, qui prêche au nom de l'art en faveur du culte catholique. Pour lui, la religion est le seul moyen de maintenir en vie cette cathédrale d'Amiens qu'il aime plus que toutes les autres, parce qu'il y voit une image totale du monde, la perfection de la création artistique. Il poursuit :

« Ainsi donc voici des savants qui ont su retrouver la signification perdue des cathédrales : les sculptures et les vitraux reprennent leurs sens, une odeur mystérieuse flotte de nouveau dans le temple, un drame sacré s'y joue, la cathédrale se remet à chanter[1]. »

La fraternité humaine, devant Notre-Dame incendiée, devenue Notre-Dame de l'humanité, c'est cela aussi : une communion devant le chef-d'œuvre. Ces larmes et ces cris, dont j'ai été le témoin le 15 avril 2019, ont été une forme d'acte de foi, parfois inconscient. Il faut en tenir compte. Si l'incendie a été un spectacle, ce à quoi nul ne peut rien, il faut qu'il serve à quelque chose. Il reste à apprendre à ceux qui ont tremblé et pleuré ce qu'est une cathédrale, à quoi elle « sert » – et comment elle est le résultat d'une accumulation d'événements, d'enrichissements, de destructions et de restaurations qui en ont fait une œuvre d'art vivante –, ce dont la foi donne certaines clefs. Les mécènes sont là, nombreux, il faut que l'État s'engage – au-delà des déclarations fracassantes appelant à un « geste architectural » – mais l'Église aussi.

À Florence, le Museo dell'Opera del Duomo, rénové, repensé entièrement en 2015, remporte un immense succès parce qu'il répond à cette attente du public. Il complète la visite de la cathédrale

1. Marcel Proust, *Contre Sainte-Beuve, précédé de Pastiches et mélanges et suivi de Essais et articles*, Gallimard, bibliothèque de la Pléiade, 1971, p. 141-143.

Sainte-Marie-de-la-Fleur, et permet d'admirer les chefs-d'œuvre de Ghiberti, de Donatello, de Michel-Ange…

Pourquoi ne pas concevoir, à Paris, dans les anciens bâtiments de l'Hôtel-Dieu, sur le parvis, qui n'ont plus de fonction hospitalière, un musée de Notre-Dame ? Une grande exposition se prépare, sous l'égide du Centre des monuments nationaux, à la Conciergerie, sur l'histoire de la cathédrale. Pourquoi ne pas rendre cette exposition pérenne ? Ouvrir un musée où l'on verrait que Notre-Dame a été le plus bel endroit de France pour admirer de la grande peinture, aux XVIIe et XVIIIe siècles, de l'orfèvrerie et des objets d'art, de la sculpture, avant l'invention du musée public ?

La présentation, en 2016, dans la nef, du grand tapis réalisé pour Notre-Dame au début du XIXe siècle et d'une belle série d'habits sacerdotaux anciens avait attiré la foule. Créer ce musée ne serait pas très difficile, nombreuses sont les cathédrales qui possèdent un « musée de l'Œuvre », avec des maquettes, des plans, des œuvres choisies pour faire comprendre ce qu'est le monument. Cela ne serait en rien « muséifier » le lieu de culte, mais au contraire lui communiquer la modernité et le dynamisme des grands musées d'aujourd'hui.

C'est au Louvre que sont entreposées, dans une réserve, les pièces de Notre-Dame retirées du brasier.

Quelques jours après l'incendie, les grands tableaux, en particulier les célèbres « mays », offerts chaque année par la corporation des orfèvres, ont pris eux aussi le chemin du musée universel, criant « asile ! » comme Quasimodo. Mis à part quelques historiens d'art passionnés, qui venait à Notre-Dame pour les voir ? Parmi ceux qui les scrutaient, qui était capable de comprendre le sens chrétien de leurs sujets : *La Conversion de saint Paul*, par Laurent de La Hyre, voilà qui s'explique, mais *Saint Paul rend aveugle le faux prophète Barjesu et convertit le proconsul Sergius* (de Nicolas Loir), *Le Prophète Agabus prédisant à saint Paul ses souffrances* (de Louis Chéron), *Les Fils de Sceva battus par le démon* (par Mathieu Elyas) ?

Au musée d'Arras, une galerie, qui n'est guère visitée ni connue, est dédiée aux mays de Notre-Dame. Au musée de Caen, *Le Vœu de Louis XIII* de Philippe de Champaigne provient de Notre-Dame de Paris, il est arrivé là après la Révolution. Le musée de Cluny a consacré sa plus belle salle aux sculptures de Notre-Dame, avec en particulier les fragments retrouvés des statues originales de la galerie des Rois. Le Louvre possède quelques fragments sculptés, des dessins montrant la cathédrale à différentes époques. Ne peut-on pas imaginer à l'Hôtel-Dieu quelques dépôts temporaires, des expositions, des salles où certaines œuvres de la cathédrale pourraient faire l'objet d'études et où elles seraient, pendant des périodes définies, facilement visibles et bien éclairées, expliquées au public – avant de retrouver leur place dans telle ou telle chapelle ?

Grâce à ce « musée de l'Œuvre Notre-Dame » – celui de Strasbourg est un des plus beaux musées français –, le monument deviendrait clair, passionnant, intelligible. Il cesserait d'être une toile de fond pour touristes pressés, il donnerait aux croyants les clefs culturelles aujourd'hui nécessaires pour comprendre la dimension spirituelle des œuvres.

On y verrait aussi les témoignages de la déchristianisation de Notre-Dame : l'importance, aujourd'hui oubliée et minorée, de la période révolutionnaire, quand la cathédrale devint un « temple ». On montrerait les documents qui concernent les préparatifs du sacre de Napoléon, les techniques de David pour peindre son grand tableau…

Notre-Dame de Paris est aussi, depuis des siècles, un édifice dédié à la musique – et pas seulement le titre d'une comédie musicale – avec des orgues, des chœurs et une maîtrise, des artistes d'un grand talent. Beaucoup de Parisiens venaient à Notre-Dame pour le plaisir d'écouter les offices, de suivre les concerts donnés par les chorales invitées, de fermer les yeux aux premiers rugissements du grand Cavaillé-Coll. L'Institut de France, par la voix de son chancelier, Xavier Darcos – biographe de Prosper Mérimée et excellent connaisseur du XIXe siècle –, a annoncé qu'il concentrerait son action en faveur de Notre-Dame, grâce aux revenus des fondations, sur la restauration de cette dimension musicale essentielle. C'était au lendemain de l'incendie, on croyait le grand orgue à jamais perdu. Il est sans doute moins endommagé qu'on ne pouvait le craindre, l'orgue du chœur a certainement beaucoup plus souffert.

Aider les artistes vivants, s'occuper des instruments de Notre-Dame, c'est s'attacher à la dimension immatérielle du lieu. Des sons, des voix, un répertoire spécifique, des interprètes et des compositeurs exceptionnels tous amoureux de la cathédrale : cet univers doit lui aussi renaître – ou plutôt il n'est pas mort, puisque l'organiste titulaire, dès le lendemain, jouait, dit-on, dans la cathédrale de Nancy. Le patrimoine, décidément, cela n'est pas que des pierres…

Reconstruire, rebâtir, réparer ou « restaurer » ?

« Nous sommes ce peuple de bâtisseurs », a dit le président de la République. Au-delà des controverses sur les délais, sur la concomitance avec la date des Jeux olympiques, remarquée aussitôt, il faut saluer ce volontarisme. Ce chantier va faire école, ce sera un modèle, il sera beau de le montrer – y compris aux visiteurs venus pour voir les exploits sportifs, si la cathédrale n'est pas « prête » dans cinq ans. Restaurer peut être aussi un sport et peut-être moins bête que d'autres.

Le chef de l'État a affirmé son intention de rebâtir Notre-Dame « plus belle encore », phrase aussitôt commentée et critiquée. Il faut espérer qu'il pense à l'état désolant de la cathédrale avant le drame, avec ses pierres corrodées, ses arcs-boutants menaçant ruine, ses joints de nombreuses fois mal rebouchés. Il suffit de faire aujourd'hui le tour du monument : il est visible que les pierres ne sont pas en bon état, que la saleté s'est accumulée, que l'incendie est survenu au moment où Notre-Dame avait grand besoin de soins – et cherchait des mécènes parce que le budget alloué au patrimoine par le ministère de la Culture n'est pas suffisant. L'État est-il en train de reconnaître enfin, après le drame du 15 avril, que certains lieux, qui dépendent directement de lui, comme les cathédrales d'avant 1905, n'ont pas bénéficié de tous les travaux indispensables et d'affirmer que cette situation va cesser à l'avenir, pour que ces monuments soient « plus beaux encore » ?

Nombreux sont ceux qui ont écrit, un peu vite, « reconstruire », « rebâtir », alors qu'évidemment le propos est de « restaurer » et de « conserver ». Ce qui a manqué, c'est ce que les conservateurs nomment la « conservation préventive », agir avant qu'il ne soit trop tard – ce qui demande des investissements et n'attire guère les mécènes. Ceux qui ont écrit « rebâtir », techniquement, avaient tort, mais évidemment ils avaient raison. Une jeune femme nommée Sybille a tweeté, dès 10 h 50, « Notre-Dame, nous te rebâtirons » : c'est elle qui est dans le vrai. Il faut restaurer l'aura de Notre-Dame. C'est le terme qu'emploie toujours Cesare Brandi, le grand théoricien italien de la restauration des œuvres d'art : rien ne sert de traiter les pierres si on ne s'occupe pas de leur environnement, de leur sens, du discours qui va être tenu sur elles, des offices et des visites guidées…

Une œuvre d'art totale

Victor Hugo a restauré l'âme de la cathédrale. La prise de conscience de l'amour du patrimoine, de la nécessité de restaurer toutes les autres cathédrales, de s'occuper du passé, valeur d'avenir, commence avec son livre. Le plomb fondu a coulé, il tombait en pluie sur les sapeurs-pompiers, il faut qu'une alchimie nouvelle parvienne à faire advenir une urgente transmutation ; que de ce plomb et de cette boue, on fasse de l'or.

Tous les édifices qui ont été victimes de grands incendies n'ont pas eu le droit de renaître. Il y a ceux qu'on a laissés tomber, dont on a déblayé les pierres : après la Commune de Paris, la République hésita longtemps avant de voter qu'on démolirait ce qui restait des Tuileries, symbole d'un Second Empire qui avait conduit la France à la défaite. Les ruines de l'ancienne Cour des comptes, de la même façon, envahies par la végétation, ne furent pas tout de suite nettoyées pour laisser place à la gare qui devait devenir le musée d'Orsay. En face, on a réédifié l'hôtel de Salm, siège de la Grande Chancellerie de la Légion d'honneur, car le premier ordre national ne doit pas périr. Le symbole est beau et il n'est pas indifférent de souligner que c'est le général d'armée Jean-Louis Georgelin, passionné d'histoire, qui fut grand chancelier de la Légion d'honneur, qui a été choisi organiser mener les travaux de restauration à Notre-Dame.

L'autre monument qui fut rebâti, mais pas à l'identique, après la Commune, c'est le siège de cette institution qui se devait de renaître tel le phénix, l'hôtel de ville de Paris. Le nouvel Hôtel de Ville est un temple républicain, paré des statues de ses grands hommes.

Notre-Dame a montré aux hommes des XIXe et XXe siècles ce qu'elle était au Moyen Âge : une œuvre d'art totale. Le thème de la cathédrale a fasciné Claude Monet, qui devant la cathédrale de Rouen entama une « série » où il n'avait plus en tête de traduire une impression mais de peindre « le temps », l'irreprésentable par excellence, la lumière qui change selon les saisons et les heures, le temps qui passe et le temps qu'il fait. Ensuite, il s'attaqua à sa propre cathédrale, le cycle des *Nymphéas* de l'Orangerie, espace clos dans lequel on entre pour voir et méditer. Rodin sculpta lui aussi sa *Cathédrale*, ses célèbres mains qui se joignent, et réunit ses œuvres pour que *La Porte de l'Enfer* soit la projection de son monde intérieur en une seule œuvre. Proust enfin, hanté par cette autre œuvre d'art totale, le cycle wagnérien dans le théâtre de Bayreuth, par les pages de Ruskin qu'il avait traduites et commentées, *La Bible d'Amiens*, entama l'écriture de son livre, cathédrale parfaite.

Toutes ces cathédrales de sons, de musiques, de mots, d'images, d'obscurités et de lumières n'ont pas brûlé avec Notre-Dame. L'idée de restaurer les pierres, leur rayonnement, leur valeur, au rythme du chantier qui commence, est exaltante. Les débats médiocres doivent cesser, une union peut se faire, comme sur les quais ce soir-là. Chacun peut y avoir sa part. Le combat pour le patrimoine peut y trouver un autre souffle, dépasser le cercle des « connaisseurs ». Il était en train de devenir une cause populaire, il est désormais une bataille internationale. C'est une aventure dans laquelle tous ceux qui assistaient impuissants au spectacle du brasier durant cette triste nuit du 15 avril ont envie de se lancer. Dans un monde dévoré par les haines, les populismes, les réseaux peuplés de voyeurs anonymes qui insultent et font la morale, au-delà des nations et des religions, l'art parle à tous les hommes. La vieille cathédrale de Paris y aura gagné d'être devenue, aux yeux de tous, Notre-Dame de la France, Notre-Dame du monde, Notre-Dame-de l'humanité.

Dimanche 21 avril 2019

DU MÊME AUTEUR *(suite)*

VERSAILLES, LE CHÂTEAU-LIVRE, anthologie, Artlys.

CENT CHEFS-D'ŒUVRE DU LOUVRE RACONTENT UNE HISTOIRE DU MONDE, Beaux-Arts éditions-Musée du Louvre.

LES OISEAUX DE CHRISTOPHE COLOMB, nouvelle, Gallimard.

LE TRÉSOR DE LA CATHÉDRALE D'ANGOULÊME : JEAN-MICHEL OTHONIEL, Après éditions-Les Presses du réel.

UN JOUR AVEC CLAUDE MONET À GIVERNY, Flammarion.

VILLA KÉRYLOS, roman, Grasset et Livre de Poche.

Ainsi que…

Les Enquêtes de Pénélope, série romanesque comprenant :

INTRIGUE À L'ANGLAISE, roman, Grasset et Livre de Poche, prix Arsène-Lupin.

INTRIGUE À VERSAILLES, roman, Grasset et Livre de Poche.

INTRIGUE À VENISE, roman, Grasset et Livre de Poche.

INTRIGUE À GIVERNY, roman, Grasset et Livre de Poche.

Cet ouvrage a été imprimé par
la Nouvelle Imprimerie Laballery à Clamecy
pour le compte des éditions Grasset
en mai 2019.

Composition et mise en pages
Nord Compo à Villeneuve-d'Ascq

Grasset s'engage pour l'environnement en réduisant l'empreinte carbone de ses livres. Celle de cet exemplaire est de :
250 g éq. CO_2
Rendez-vous sur www.grasset-durable.fr

N° d'édition : 21009 – N° d'impression : 904429
Dépôt légal : mai 2019
Imprimé en France